Zoey
and Sassafras
佐伊总是有办法

龙与棉花糖
Dragons and Marshmallows

Story By Asia Citro
Pictures By Marion Lindsay

[美]爱莎·西特洛—著 [美]玛丽安·林赛—绘

夏高娃—译

北京联合出版公司
Beijing United Publishing Co.,Ltd.

目录

第一章	虫虫马戏团	1
第二章	神秘的照片	7
第三章	谁是皮皮？	10
第四章	魔法门铃	17
第五章	不一样的谷仓	24
第六章	门铃响了	30
第七章	蛇的孵化	35
第八章	食物实验	41
第九章	萨萨去哪儿了？	54
第十章	打电话求援	61

第十一章	龙宝宝应该吃什么？	66
第十二章	食肉动物还是杂食动物？	69
第十三章	妈妈回来啦！	75
第十四章	棉花糖长大啦！	77
第十五章	棉花糖学抓鱼	80
第十六章	哪里来的烟？	88

术语表 91

第一章

虫虫马戏团

"你发现什么了,萨萨?"我蹲了下来,揉了揉我家小猫松松软软的毛。他正试着用爪子把一块长满青苔的大石头翻过来——下面肯定有好东西!

我慢慢地把石头翻开。真棒!我忍不住拍了拍手,这块石头下面果然藏着宝贝——下面藏着一百万只圆滚滚的西瓜虫呢!

好吧，好吧……说一百万只是太多了，不过至少有二十只。

萨萨往前蹭了一步："喵？"

"不行！你可别吃这些虫子！多恶心呀。"

我家小猫像我一样喜欢虫子，不过我们喜欢的原因不太一样：我喜欢和虫子玩，而他喜欢吃虫子。

嗯……现在我得想出一个特别好的办法来玩这些西瓜虫。我把其中一只放在一只手的手心里，它的小脚丫像在走路一样，挠得我痒痒的。

萨萨慢慢走到我的那堆东西边上，拍了拍我的动脑筋护目镜。

"哦，对，这主意不错。"我一边念叨，一边把护目镜戴在头上。

许多科学家都戴着护目镜，我需要保护眼睛的时候也会戴。但是需要想出个好主意的时候，我就把护目镜戴在头上，这样它们就离我

的脑子更近了。

　　我的两根食指指尖碰到一起，搭起了一座"小桥"，刚才被我托在手上的那只西瓜虫从小桥上慢慢地爬了过去。

　　"有啦！咱们来开个虫虫马戏团吧！"

　　我把一些小树枝围成可以让虫子钻过的小圈，再将一些圆圆的小石子堆在一起，好让虫子们在上面走的时候能够保持平衡。然后，我在一块扁平的树皮两端拴上几根草，做成一架

秋千,又把它挂在很低很低的地方(这样,就算有"演员"摔下来也不要紧)。

而我最喜欢的就是在两块扁平的石头中间架起来的"钢丝"了。最大的一只西瓜虫已经爬到这条用树枝做的钢丝上面。我趴在软软的草地上,双手捧着脸,给这个小演员加油助威:"加油啊,小虫子!你肯定能爬过去!"

就差一点……就差一点啦!糟糕!它还是

一个跟头摔下来,跌到草丛里了。另一只跟在它身后走"钢丝"的西瓜虫也掉了下来,看起来个子大些的西瓜虫爬得都不怎么顺利。于是我小心翼翼地把那只最小的虫子捏了起来。

"好啦,小家伙。你的个子可能是最小的,不过我觉得你应该能爬过去。让咱们看看你有多能干吧!"

我把它放在树枝"钢丝"的一头,屏着呼

吸看着它爬，直到它顺利地走到了另一头，我才长长地舒了口气。

它成功啦！我欢呼着蹦了起来，想把这个好消息告诉妈妈。这时我才突然想起来，妈妈还在家里收拾东西呢。我早就习惯和她一起在外面玩了。

"妈妈肯定会觉得有意思，走吧，萨萨，咱们去找她吧！"

我回过头去，刚好看见萨萨不怀好意地凑近我的小小马戏团演员。

"这可不行，猫咪。你得和我一起去。我可不放心让你和这些小虫子在一起。我的这些新朋友可不能给你当点心！"

萨萨气呼呼地瞪了我一眼，不过他还是和我一起离开了。走到家附近的时候，我看见妈妈正在窗边站着。不过她没有看我，而是看着我们家旧谷仓的方向，她手里还拿着一张照片。

第二章

神秘的照片

我带着萨萨跑进妈妈的书房。她吓了一跳,先是迅速地把手里那张照片藏在一堆文件下面,然后才微笑着跟我们打招呼。

"妈妈!萨萨在院子里的石头下面找到了一百万只西瓜虫。我一开始不知道怎么办,不过等我戴上了动脑筋护目镜,我就想出做马戏团的主意了!甚至连钢丝都有呢。你能来看看吗?可以吗?"

"佐伊,这主意听起来确实有意思极了。我现在也很快就能收拾好出差要带的东西了。

再等我五分钟好吗?"

我耸耸肩膀,靠在妈妈的办公桌上,萨萨围着我的腿绕圈。我努力装出一副不太介意她出差的样子,不过一想到整整一周都见不到她,我还是有点紧张。

另外,我也对她刚才匆匆忙忙地藏起来的那张照片有点好奇。趁妈妈收拾东西的时候,我戳了戳她的那堆文件,在里面来回翻着。哇!那是什么?一堆文件下面发出了紫色的光。我连忙把最上面的文件推到一边,忍不住倒吸了一口冷气。照片上的妈妈和我差不多大,咧开嘴微笑的时候,还能看见她缺了两颗大门牙。一只紫色的青蛙坐在她的头上,那些光就是青蛙身上发出来的。我惊讶得差点把照片掉在地上。

妈妈回头看了看:"怎么了?"

我的手颤抖着举起那张照片:"这张……照片……这只青蛙……在发光。这是为什么?"

妈妈飞快地转过身来,结果她手里抱着的一些文件都掉在地上了,散得满地都是。

"你能看见皮皮?"

皮皮?皮皮是谁?这究竟是怎么回事?

第三章

谁是皮皮？

妈妈还愣在那里。她小声念叨着:"我真是没想到……我一直以为只有我一个人能看见。"

不过,她最终还是回过神来,在办公桌边坐下:"我刚才的表现怪怪的,真是不好意思!过来坐吧,我会试着给你解释清楚的。"

妈妈又摇了摇头,对着我笑了笑。

我慢慢地坐了下来,心里非常困惑。会

发光的青蛙？只有妈妈能看见？我感到非常紧张。

我抱起萨萨，把他紧紧地搂在怀里。他在我的腿上坐着坐着，打起了呼噜，这让我平静了一点。我真的希望能马上搞明白这是怎么回事。

"咱们现在住的地方以前是你外公外婆家，你应该还记得吧？"

我很慢很慢地点了点头，不断地抚摸着萨萨，紧张得心怦怦直跳。

"在我和你差不多大的时候，我也喜欢在森林里面游荡。有一天，我正在小溪边往水里扔石头玩，突然发现阳光下有个东西在闪闪发光。"

"就是那只紫青蛙吗？"我问。

妈妈点点头："他的皮肤是亮紫色的，从头到脚都长满了荧光橙色的斑点。我从来没有见过这样的动物。所以我以为自己发现了什么新物种呢!"

我又点了点头,我可喜欢青蛙了,不过我从来没有见过这样的青蛙。

"当时那个可怜的小家伙趴在那里,几乎只剩下最后一口气了。我知道他肯定是要么病得很厉害,要

么受了很严重的伤,所以我必须帮助他。我非常小心地把他从水里捞了起来,护在手里。我又在我家的谷仓里找到了一个空着的旧鱼缸,把他放了进去,然后开始研究他究竟出了什么问题。书本帮了我很大的忙,不过我还需要做几个小实验。然后我用从实验中学到的东西治好了那只青蛙。等他的身体恢复健康之后,我知道自己应该把他送回森林里。可是我刚把手伸进鱼缸,他就主动跳到了我手上。当我把他拿出来的时候,又发生了一件神奇的事情,那可是我见过的最疯狂的事情啦……"

  我能感觉到妈妈将要说些什么,因为

我的妈妈是个科学家，所以她总是能看见疯狂的事情。所以，如果那是她所见过的最疯狂的事情的话，那么它一定非常神奇。

我不由得向她探了探身子，从椅子上向前蹭了蹭，搞得萨萨咕咚一声掉在了地上。我连忙把他抱了起来："发生什么事了？你看见什么啦？"

"那只青蛙直直地看着我的眼睛，露出了微笑，然后说：'谢谢你！'"

我吃惊地捂住了嘴巴。

这是什么情况？妈妈是在和我开玩笑吗？可是她看起来好像很认真。

可是青蛙怎么会说话呢？这不可能是真的呀！

"我当时惊讶极了，"妈妈继续说道，"我差点把那只倒霉的青蛙扔出去。'哇！托稳了呀，小姑娘！'青蛙说，'不要害怕，我的名字叫皮皮。我很感激你的帮助。'"

听到这里，我忍不住插嘴说："可是妈妈……这也太疯狂啦！青蛙——不能——说话！"

妈妈拍了拍我的膝盖："一开始我也是这么想的，但是那只青蛙就是说个不停。我不是在做梦，我也没有胡思乱想，是真的有一只名叫皮皮的青蛙在对我讲话。

"我的手哆嗦得太厉害了，为了皮皮的安全，我不得不先把他放在桌子上。皮皮告诉我，在被我发现之前的那天晚上，他正在森林里找白天丢失的东西，突然被一只猫头鹰袭击了。虽然害怕得要死，还受了伤，他还是成功地逃了出来。不过，之后的事情他就不记得了。再清醒过来的时候，他就发现自己已经在咱们家的谷仓里面了。

"等我从震惊中稍微缓过来，皮皮告诉我，我家外面那片森林里还有很多有魔法的神奇动物，只是一般来说，人类看不见他们。他还问我愿不愿意帮助其他受伤或者生病的动物，就像我帮助他一样。我当然答应了。皮皮走后，把我和我家谷仓的事情告诉了其他动物。从那以后，我就一直帮助森林里的魔法动物们。"

我咧开嘴笑了起来。这也太神奇了！我唯一比科学更喜欢的东西就是魔法了，而现在妈妈居然告诉我，魔法就存在于我们家的后院！

第四章

魔法门铃

我简直太激动了,还有一大堆问题要问。

"为什么照片里会放出紫光呢?这也是魔法吗?为什么我之前从来没见过这些动物呢?他们还会来这里的,对吧?你把他们藏在哪里了?会不会现在就有魔法动物待在咱们家里?"

妈妈笑了起来:"好啦,让我一个一个来回答吧。是的,这张照片之所以会发光,的确是因为魔法，只要给魔法动物拍下照片，他们的魔法就会留在照片里。如果有魔法动物来找我帮忙，我就会让他待在谷仓里。至于最后一个问题，现在谷仓里倒是没有魔法动物。因为有时候一连好几个星期都不会有谁需要帮助。等我带你到谷仓看看你就明白啦。走吧。"

　　我跟着妈妈走向谷仓，暗地里觉得有点好笑，我以前从来不去谷仓玩，因为我觉得那里可没意思了。看来我是做错啦。

　　妈妈带着我绕到了谷仓的后门："皮皮回森林之前给谷仓的后门装了个魔法门铃。我以

前一直以为，咱们家只有我一个人才能看见他呢。不过，我想，现在你应该也能看见。"

萨萨用挺大的声音喵喵叫着，打断了妈妈的话。

妈妈笑了起来："啊，对，我忘记说了，像萨萨这样聪明的小动物当然也能看见。"

我蹲下来，把谷仓的后墙上上下下地仔细看了一遍："可是我什么都没看见呀。"

"你趴下来再看看。从这里再靠左一些,再往下一点点,看见了吗?"

我的头垂得更低了一些,草叶蹭着我的脖子,痒痒的。接着我就看见了一个圆圆的按钮,看起来就像个普通的门铃,只不过它散发着彩虹般的光芒。我稍稍抬起一点脑袋,就又看不见它了。天啊,难怪我以前从来没看见这

个门铃。现在一想,我好像的确听到过它的声音。妈妈的办公室里偶尔会传来一阵阵美妙的叮当声。她以前一直跟我说,那是她手机上设置的闹铃的声音,铃声一响,就说明她得去处理某些事情了。而我居然从来没问过那究竟是什么事。

"在咱们家里有时候能听见铃声,就是这个门铃的声音吗?"

"是的,就是这个门铃。我也不知道这个门铃什么时候会响,不过,只要我在家,我就会竖起耳朵听着。"

"那你不在家的时候该怎么办呢?"

"啊,那我也没办法,只能希望门铃响起,有动物来找我帮忙的时候我刚好在家了。"

我想起妈妈刚才站在窗边的样子,她一直看着谷仓,一定很担心自己去参加学术会议时会发生什么事吧。也许……也许我能帮上忙。

"你要出差一个星期呢，那可是很长的一段时间。如果有魔法动物在你不在的时候按门铃，你觉得我能去帮他们吗？"我低下头盯着自己的鞋子，踢着尘土，"我知道自己只是个小孩儿，不过我可以试一试。"

妈妈笑了："我还希望你能这么说呢。你真的想帮忙吗？处理起来有可能会很困难，不过，如果你需要帮忙，随时都可以给我打电话。"

我点点头，站直身子。妈妈双手按着我的肩膀，亲了亲我的脑门儿。

"这样我就可以放心去出差了，谢谢你。"

我有一点紧张。一方面，能亲眼见到魔法动物真是让我激动得要命；但是另一方面，我也有点害怕自己到时候不知道该怎么办。我可不想把事情搞砸。

但是妈妈帮助皮皮的时候也和我差不多大。既然之前有个小孩儿做成过这种事，那么我应该也做得到。

对吧？

第五章

不一样的谷仓

妈妈打开谷仓的大门，我们一同走了进去。整个旧谷仓给我的感觉与之前相比完全不一样了，就好像它有魔法一样。我感觉自己以前从来没有见过这样的谷仓，因为我现在知道这里的秘密了。

"这些橱柜里放着我这些年存下来的医疗用品，"妈妈说，"这边还有一些你可能用得上的书。它们倒不是讲魔法动物的，不过你很快就会发现，魔法动物和普通的动物非常相似。有一次我遇见了一只生病的飞狐，我读了关于鸟类的书，也读了关于狐狸的书，这两本书都派上了用场。有时候你还需要做几个实验，来验证一下这些动物需要什么，或者哪种办法更有用。这些是我以前的科学笔记，你可以拿来读一读，那样你就更明白我的话了。"

我的心跳得更快了。妈妈刚把所有东西都给我看完，我就立刻直奔那些笔记。我忍不住屏住了呼吸：那里面一定有更多魔法动物的照片！我简直等不及要看看他们了。

我打断了妈妈的话："所以一听到门铃声，我就得用最快的速度跑到这里来，对吗？然后需要帮助的动物就在后门外头等着？我把他带到谷仓里面来，然后试着研究一下出了什么问题？"

妈妈点点头："有些动物会说话，就像皮皮一样。不过，绝大多数动物不会。别忘了，这里的书和我以前的笔记都可以用，它们肯定能帮上你的。这件事对你来说的确责任重大，但是我知道你肯定会努力去做的，你还有其他问题吗？"

我的脑袋晕乎乎的，但我还是摇了摇头，如果妈妈相信我能搞定这件事，那么我肯定做得到。至少我希望是这样。

而且如果有什么麻烦，我还能去找爸爸帮忙。等一下，妈妈刚才根本就没提到爸爸，这可有点奇怪。

"爸爸呢？爸爸不能帮我吗？"

"你爸爸看不见魔法动物。在你看见照片上的皮皮之前，我一直以为自己是世界上唯一能看见他们的人类。"妈妈伤心地摇了摇头，"我以前试过一次，想把皮皮介绍给你爸爸，不过他既看不见皮皮，也听不见他的声音。"

哎呀，看来真的只能靠我一个人了。妈妈亲了亲我的脑门儿："我也差不多该出发了。

咱们一个星期之后再见啦！我出门之前会告诉爸爸你在谷仓里的。"

"等等！"我尖声喊道，"如果有魔法动物来，我可以给他们拍照吗？"我现在特别确定，在这件事上最棒的一点就是能收集魔法照片。

妈妈笑着拉开了一个抽屉："这是我的相机，你可以随便拿去用，不过这台相机用的是

拍立得相纸,所以你不能拍太多照片,不然相纸的开销就太大了,每个动物只能拍一张,好吗?啊,对了,还有这个。"她又在抽屉里面翻了一阵,"来,这是一本全新的科学笔记,专门为你准备的。"

我伸手紧紧地抱住了妈妈。多亏了橱柜里那些东西和妈妈的科学笔记,让我觉得和她告别也不是特别难过的事了。

我把动脑筋护目镜放在谷仓里的桌上,把那一摞科学笔记搬了过来。接下来,我花了几个小时把它们从头到尾看了一遍,而萨萨就舒舒服服地窝在我的腿上。那些照片简直太神奇了。我翻开一页笔记,照片里的动物看起来有点像花。我准备凑近点再看看,刚低下头去,就有一股花香扑面而来。

我往后翻了几页,又看见了一张照片,里面的动物长得有些像蛇,但是蓝色的身子毛茸茸的。我用指尖摸摸照片,发现它摸起来像羽毛一样柔软。这实在是太好玩了。不知道第一个与我相遇的魔法动物会是什么,我简直等不及啦!

第六章

门铃响了

第二天,我整天都待在妈妈的书房里,竖起耳朵听着外面的动静。可是什么事都没有发生。之后那一天的情况也完全一样,门铃一声都没有响。但是到了第五天,我正在沙发上看书,突然就听到了魔法门铃那奇妙的叮当声。我立刻从沙发上跳了起来,甚至不小心把怀里的萨萨扔了出去。他在半空中飞了一段,不满地叫唤了一声,不过还是四脚着地着了陆。萨萨生气地瞪了我一眼,但是他的耳朵朝着铃声传来的方向。果然他也听见了!

我们一起向谷仓跑去。到底是谁需要我们的帮助呢？我们简直等不及要看看了。

　　跑到谷仓门口的时候，我停住了脚步，仔细听了听。门外一片寂静，除了我自己怦怦的心跳声，一点声音都没有。我低头冲萨萨咧嘴笑了笑："准备好了吗，猫咪？"

　　他喵了一声，用爪子拍拍大门，我想，那应该是"好了"的意思。

　　我慢慢地打开谷仓的后门，发现外面有一只小小的、绿绿的、浑身长满鳞片的动物，他紧紧地缩成了一团。树丛里传来一阵响动，我抬头望去，只看见一条亮闪闪的蓝色尾巴消失在森林里——可能是另外一只动物把他送到这里来的。

　　"你好？"我喊了一声，不过没有回音，那只神秘的蓝色动物也没有回来。

　　我弯下腰去，摸了摸脚边蜷着的那个小动物光滑的后背，我的手刚碰到，一颗小小的脑袋就探了出来。

"哦!"我忍不住轻声说道,"你真可爱呀。"

小动物满是悲伤的眼睛望着我。

"别担心,小家伙。我们会让你好起来的!"我轻轻地把他抱了起来。

萨萨焦急地围着我的腿转来转去,我把小动物抱回谷仓,把他放在一张桌子上。"别看你个子这么小,分量还挺重的。"

我又轻轻地摸了摸那个小家伙，他缩成一团的身子慢慢舒展开了，露出了一对小小的翅膀和一条长尾巴。原来他是一条龙呀！而他又是这么小，看来他一定是个小宝宝。

我家的谷仓里来了个龙宝宝！

"嘿，小家伙，你怎么了？我看你身上也没有伤口呀。不过，你既然到谷仓来了，就肯定需要我们的帮助。"

他看起来非常虚弱，抬头四处看了看之后，又把脑袋搁在桌面上，就那么趴下了。

萨萨跳上桌子，把这条小龙从头到尾好好地闻了个遍。龙宝宝抬起头来，轻轻咳嗽了一声，他居然咳出了一个小火星！萨萨飞也似的从桌上跳了下去，落地的时候身上的毛全都参起来了。

这可不妙！我得趁着这个小家伙再咳嗽起来之前给他换换地方。

"嗯……我得给你找个不会烧起来的地方。"我在谷仓里来回打量着，"咱们看看啊……这个是木头的，那个是布的，这些都容易着火。对啦！可以让你待在这个泥土地面的围栏里。就算你再咳嗽起来，泥土也不怕着火。"

我松了口气，把龙宝宝抱起来，用最快的速度把他送进围栏里。萨萨慢慢地溜达过来，隔着栏杆看着我们两个。这下，我家小猫不知道该不该讨好这位新朋友了！

第七章

蛇的孵化

现在我很确定谷仓不会着火了,该想办法帮助这条小龙了。他小小的身体就那么一动不动地躺着,跟块木头似的。太可怜了!

我围着他转了几圈。一开始我以为他感冒了,但是他之后没有再咳嗽。我翻了翻妈妈的科学笔记,可是里面并没有关于龙的内容。这让我为难极了。我把科学笔记放回桌上,不小心把动脑筋护目镜碰到地上了。对啦!

我捡起护目镜,掸了掸上面的尘土,把它戴到头上。

我立刻就感觉到脑子里的记忆活跃了起来。去年夏天发生了什么事？是在森林里发生的吗？想起来了！

去年夏天，我和妈妈在森林里散步的时候，萨萨（散步这种事，他可从来不错过）突

然在一小堆石头边上停下脚步,并且戳在那里,一动不动。妈妈蹲了下来,打算看看是什么东西让他这么着迷。

"佐伊!你看见一颗小脑袋从蛋里探出来了吗?这些蛇蛋马上就要孵化了!咱们一起看着吧!"

那些小小的脑袋顶呀,顶呀,直到它们"砰"的一下顶破蛋壳,里面的小蛇就这样爬了出来。爬出来之后，这些小蛇也不休息，直接就向着森林的方向爬去。

我们一直在一旁看着，最后只剩下一颗蛋没有孵出来了。这颗蛋里面的小蛇似乎遇到了麻烦，终于破壳钻出来之后，它一动不动地躺在原地。而且，它看起来比自己的兄弟姐妹小很多。

"它这是怎么啦？"我看了看周围，"它们的妈妈呢？为什么它没有来帮忙？"

"蛇和我们哺乳动物不一样，它们身上有鳞，蛇妈妈生下的也是蛇蛋，它们是爬行动物。还记得吗？爬行动物是不会照顾它们的宝宝的。"

我倒是记得在书上看过这样的话，不过现在是第一次亲眼看到，这看起来有点残忍。"可是它们还那么小，照顾不了自己呀！它们怎么知道应该做些什么呢？"

"哪怕它们还小，爬行动物都是天生就知

道如何照顾自己的。它们生来就会找食物养活自己，也会找安全的地方躲起来。"

我又低头看了看那条瘦弱的小蛇。

"那这条小蛇会怎么样呢？它实在是太小了，"我皱了皱眉头，"而且它好像生病了。"

"如果动物一胎生下很多宝宝的话，那么其中可能就会有一两个宝宝长得不如其他宝宝强壮，那就是一窝里面最弱小的幼崽。说出来我也很难过，不过这种幼崽一般来说都没办法活下来。"

我忍不住流下了眼泪。就这么眼睁睁地看着这条小蛇，想着它可能很快就要死掉了，实在是让我很伤心。

妈妈轻轻捏了捏我的肩膀。

"咱们稍微帮一帮这条小蛇怎么样？我们可以让它的第一顿饭吃得饱饱的，这或许能给它加把劲儿，很多幼蛇都喜欢吃蚯蚓——"

妈妈的话还没说完，我就匆匆忙忙地挖了起来。我可最擅长挖蚯蚓了。才花了不到一分钟时间，我就找到了一条肥大的蚯蚓。其实，我感觉有点抱歉，因为我还挺喜欢蚯蚓的，不过我还是把它交给了妈妈。妈妈拎起蚯蚓在蛇宝宝眼前摇了摇，它立刻来了精神，一口就把蚯蚓吞了下去。然后这条小蛇就像完全复活了一样，飞快地钻进灌木丛。萨萨吓得尖叫起来。

我拍了拍头上的动脑筋护目镜：我需要的就是这个！或许这条小龙也是一窝幼崽里面最弱小的一个。没准儿他的肚子现在也饿了。这个问题我能解决！我现在只需要给他找一点……

等等，龙吃什么东西呢？

第八章

食物实验

想了半天关于食物的话题,搞得我自己都有点饿了。我的肚子咕噜咕噜直响。

萨萨也咕噜咕噜地低吼起来。

"萨萨真傻!"我揉了揉他的毛,"那只是我肚子饿了搞出来的动静。咱们先去吃午饭吧。"

走在路上的时候,我突然想到了一个很好的实验问题。我拿了块三明治坐了下来,翻开那本全新的科学笔记。我在第一页上写道:

问题：龙宝宝喜欢吃什么？

嗯……龙宝宝的鳞片和那条小蛇有点像。我想，他应该也是爬行动物。如果蛇能吃蚯蚓的话，那么龙没准儿也能吃吧。当然，龙宝宝的个子可比森林里的蛇宝宝大多了，所以他大概得吃很多很多虫子才行。以防万一，我还得准备很多种食物。我担心让龙宝宝开口吃饭可能会有点难，所以我选了几样自己最喜欢吃的东西。我把这些东西都放在厨房的桌子上，把它们在笔记上记下来：

实验材料

蚯蚓

苹果片

鸡蛋

奶酪

棉花糖

麦片

格兰诺拉麦片
巧克力棒

现在该做推论了。我很爱吃棉花糖，之前那条蛇宝宝吃蚯蚓的时候也像吃棉花糖一样香。我耸了耸肩膀。大概蚯蚓就是爬行动物的棉花糖吧？

推论：我认为龙宝宝会吃蚯蚓。
（对不起啦，蚯蚓们。）

现在该开始设计实验了。每次我做实验的时候，妈妈都会对我说一句一模一样的话："记住，只改变实验中的一项条件，让其他条件保持不变。"真的，她每一次都会说这句话。

我想要改变的条件是食物的种类，所以我要让其他条件保持一模一样才行。我从橱柜里拿出七个完全一样的白盘子，又在每个盘子里放上同样数量的食物——每种食物装一盘。我忍不住微笑起来，妈妈看了这个实验肯定也会高兴的。

实验材料

蚯蚓　　苹果片　　鸡蛋

奶酪　　棉花糖

麦片　　格兰诺拉麦片　巧克力棒

每样食物都放上一把!　　还有七个同样大小的白盒子!

接下来就该写实验步骤了:

1. 在每个盘子中放一种食物，再把盘子放在距离龙宝宝同等距离的位置。
2. 走出围栏，观察他会做什么。
3. 记录他吃的食物。

这下都准备好啦！我抱起准备好的东西，把科学笔记夹在下巴底下，和萨萨一起去谷仓。

到达那里之后，我惊喜地发现小龙有力气抬头东张西望了。"嘿，小家伙，"我轻轻地说，"我给你带了点吃的。尝尝吧！"

我把装满食物的盘子分别以同样的距离放在小龙面前。他的眼睛瞪得大大的，好奇地看着我。把所有东西放好之后，我走出围栏，随时准备记笔记。

小龙站起身来，小心翼翼地舔了舔第一个盘子里的东西，结果麦片一下就粘在他的舌头上了！他的脸皱了起来，身子往后跳了一下，还直用爪子蹭着舌头。这可不妙！

我连忙在笔记上写了下来：

龙不喜欢麦片。

把麦片渣子都蹭掉之后，小龙终于冷静下来了。然后他的鼻孔突然张得大大的，开始一边走一边嗅起来。他看也不看其他的盘子，直直地向着装棉花糖的盘子走去。他伸出蓝色的小舌头飞快地舔了舔，然后他的眼睛立刻亮了起来。小龙兴奋极了，甚至打了一个带着火星的嗝。他吐出的火星落在棉花糖上，冒着烟烧了一小会儿，而小龙立刻狼吞虎咽地把那块烤过的棉花糖吃光了。

我忍不住笑了起来——烤过的棉花糖最好吃啦！我想，他肯定也会喜欢饼干夹烤棉花糖的！我把实验的结论也写在笔记上：

龙喜欢吃棉花糖！

我和萨萨一起看着小龙吐出火星把剩下的棉花糖也烤熟了，心里暗暗做了个决定。我低下头，坏笑着对萨萨说："咱们也不能老是叫他'小家伙'呀，咱们就给他起名叫棉花糖吧！"

萨萨咕噜了几声表示同意。

几分钟之后，棉花糖就在围栏里蹦蹦跳跳地撒欢儿了，他跳起来的时候还在半空中扑扇着小翅膀，逗得我哈哈大笑。吃光一整盘棉花糖的感觉就是不一样！

萨萨也忍不住了，他跑进围栏和棉花糖一起玩了起来。他们玩啊，玩啊，一直玩到累得瘫作一团才罢休。萨萨有点喘粗气，所以我端了一碗水放到围栏里。萨萨和棉花糖头挨着头，贪婪地把水喝光了。然后，棉花糖又在地上躺了下来，把尾巴窝到身子底下，又把脑袋枕了上去，闭上了眼睛。

"看来又到打盹儿的时候了，是吧？"

棉花糖一声不吭。

透过谷仓的窗户，我看见窗外的天空已经暗了下来。

"萨萨！"我用很小很小的声音说，"是吃晚饭的时候啦！就让棉花糖睡觉吧，咱们明天早上再来看他。"

我和萨萨蹑手蹑脚地走出谷仓，出门之

前，我突然看见了那台照相机。哎呀，我可不能再把龙宝宝叫醒了，可是我真的很想给他那张可爱的小脸拍张照片。看来只能明天早上再拍了。

我到家的时候，爸爸正在炉灶边做饭。一看到他在做什么，我就不禁笑开了花：爸爸在做萨萨形状的热香饼，那可是他最拿手的。看着爸爸做总觉得好像很简单，实际上可难了。我和妈妈也试着做过，可是我们做出来的热香饼只是怪里怪气的一大团。

爸爸看见我头上还戴着动脑筋护目镜，笑着问道："你们在忙什么呢？"

我差点就把棉花糖的事告诉他了，可是我突然想起来，爸爸看不见魔法生物，所以决定还是别跟他说太多关于龙宝宝的细节。

"我和萨萨在谷仓里做科学实验呢。"

爸爸翻了翻锅子里的热香饼："那很好啊，宝贝。我很高兴你们俩能在妈妈不在家的时候也有事情做。"

啊,我们当然有事情做了。爸爸可想不到呢!

我简直希望马上就到明天早上!到时候我可以给棉花糖那张可爱的小脸拍张魔法照片,我还能和龙宝宝玩上一整天呢!

第九章

萨萨去哪儿了？

第二天我很早就醒来了,正打算伸手抱住萨萨,像每天早晨一样和他亲热亲热,却发现我脚边他常待的那个位置空空的、凉凉的。

我坐了起来,在房间里到处看了一圈。萨萨不在。

"萨萨?"我大声喊道,"萨萨?"

还是没有回应。每天早上我醒来的时候,萨萨都会在我房间里。他去哪里了呢?应该还是在家里的什么地方吧。

没准儿他跑到谷仓里去了。出门之前，我飞快地穿好了外套，又戴上一顶帽子。外面一定很冷。

我打开谷仓大门，向里面喊道："萨萨，你在里面吗？"萨萨没有跑出来欢迎我，但是我听见他在棉花糖的围栏里喵地叫了一声。

我看了看他们："萨萨！你可吓死我了。你在这里干什么？你是想棉花糖了吗，小可爱？"我向他伸出双手，以为他会像以往一样过来让我抱。可是他待在小龙身边，一动不动。

于是我又走近了一点,伸手去摸了摸他们两个。可是我的手刚碰上棉花糖的后背,就吓得差点跳起来。他身上像冰一样冷!为什么会这么冷呢?而且他一动不动。糟糕!肯定有什么地方出了问题。

这时我突然想起了一件事:我们的这条小

龙是爬行动物,我怎么忘了爬行动物不能给自己保温呢?

我连忙跳起来去找电暖气,幸好我刚翻开第三个橱柜就找到了一台。我松了口气,接上电暖气的电源,再把它摆到围栏里的小龙面前。

我应该记得这一点!就在几个月前,我的

朋友苏菲要去度假，可是她刚刚养了一只特别可爱的小蜥蜴当宠物，她拜托我照顾它的时候，我还激动得快要飞到月亮上去呢。

苏菲把小蜥蜴带来的时候，它住的培养箱顶上安着一盏很大的灯。苏菲告诉我，这是小蜥蜴用的加热灯，她还让我保证千万小心、无论如何都不能忘记开着这盏灯呢。当时我觉得这有点奇怪，所以还问了她为什么要这样做。

"它需要有东西给它保温。因为它是冷血动物，所以没法自己保持体温，"苏菲告诉我，"如果你不开着那盏灯的话，它有可能会生病甚至死掉的！"

苏菲走后，我请妈妈给我讲了讲冷血动物是怎么回事。"爬行动物就是冷血动物，"妈妈说，"像萨萨或者我们这样的哺乳动物可以通过从食物里获得的能量来保持体温。我们觉得太热了就会流汗，觉得太冷了就会发抖，这都是为了让我们身体保持一定的温度。我们这样的动物就是温血动物。

"但是像苏菲的小蜥蜴这样的爬行动物就不能用食物里的能量来保持体温,"她继续说道,"爬行动物也不能通过颤抖来取暖。它们是冷血动物,在早上经常能看见冷血动物晒太阳,那是为了让它们的身体暖和起来。一旦身体够温暖了,它们就会立刻要么肚皮贴地滑

走，要么慢慢爬开，要么蹦蹦跳跳地跑远！晚上或者冬天的时候，爬行动物会找个地洞或者窟窿躲起来，或者和其他动物挤在一起，这样来让自己保持温暖。所以，如果养爬行动物做宠物的话，用加热灯一类的设备给它们保温就变得非常重要。"

幸亏妈妈在谷仓里留了这台小电暖气！现在围栏里已经变得既暖和又舒服了，龙宝宝也一点点地动了起来，他终于抬起了头。我也终于松了一口不知道什么时候一直憋着的气。

棉花糖走了几步，接着就扑通一声摔倒在地。这次他没有爬起来。现在温度已经合适了，我昨天晚上也给他吃过东西，还会出什么问题呢？棉花糖半闭着眼睛，有气无力地哼唧着，让人心疼极了。这可坏了，难道他要死了吗？我的心怦怦直跳。我在谷仓里转来转去，不知道该做什么。

我得找点东西……我得找妈妈帮忙！

第十章

打电话求援

我跑回房子里。一开始我想去找爸爸,可是我立刻想起来他帮不上忙。我颤抖着深深吸了一口气,开始给妈妈打电话。

在等待电话接通的时候,我还能努力地忍住让自己不哭,可是我打去的电话直接被转进了语音信箱。于是我再也忍不住了,眼泪不断地顺着我的脸颊流下来。小龙很可能要死了,而这全都是我的错!

爸爸跑了过来:"怎么了,佐伊?你受伤了吗?"

我不知道怎么说才能让爸爸明白。不过我最终还是抽抽噎噎地说了出来:"我真的必须跟妈妈说说话,可是她没接电话。"

爸爸抱了抱我,搂着我坐了下来:"你真的很想她,是不是?"

我点点头,试着把哭声压了下去。

"她现在正在会议上做报告呢,所以她的手机一定关机了。你为什么不给她留言呢?我想,她做完报告肯定会马上给你回电话的。"

糟糕!妈妈在做报告!那么她可能要到好几个小时之后才能开手机。那时候也许已经晚了。我忍不住哭得更厉害了。

"虽然我不是妈妈,不过我是不是也能试着帮帮你?你能告诉我你为什么这么伤心吗?"

如果我把棉花糖的事全都告诉爸爸,他

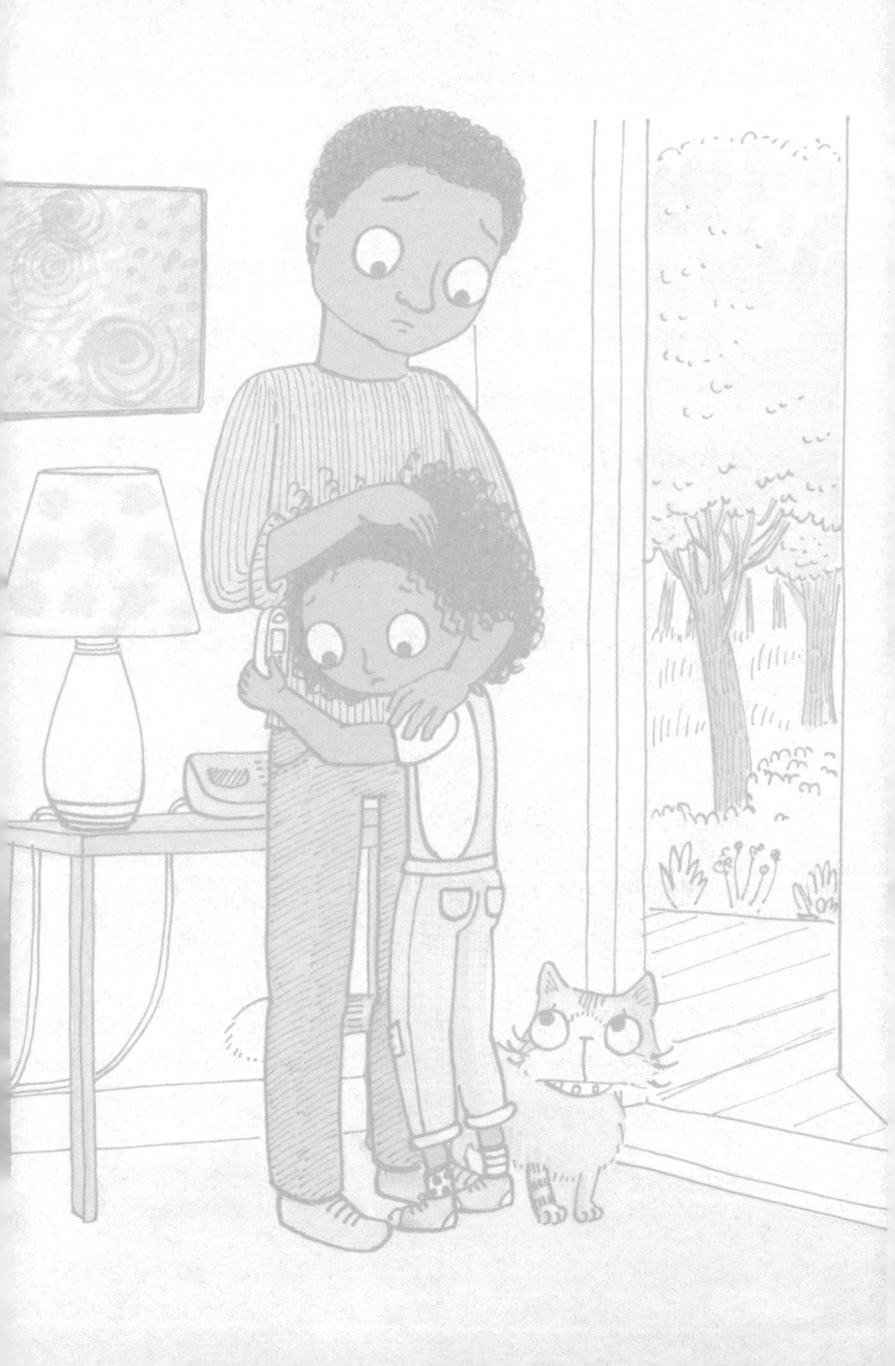

应该也不会明白的。不过，没准儿他也能帮上忙。

"我做的实验是给一只我在谷仓里找到的小动物喂食。在我给的几种食物里他选了一样吃了，昨天晚上还好好的。结果今天早上他好像就病得很厉害，甚至都不怎么动弹了。我不知道他这是怎么了。"

爸爸皱了皱眉头："你喂的不是野生动物吧？如果是野生动物的话，可能会有危险。也许我应该去看看。"

"不，不是野生动物。其实就是个……呃，小动物而已。妈妈说没问题的。而且吧，嗯，我觉得你可能未必能看见它。"

爸爸看起来有点困惑："你是又拿虫子做实验了吗？我希望不是蜘蛛，我真的很讨厌蜘蛛。"我连忙摇了摇头。

"你跟妈妈说过，我就放心了。嗯……它是不太能消化你给它的食物吗？还记得去年夏天的事吗？当时咱们去露营，你吃了太多的饼干夹烤棉花糖，你还记得当时你有多难受吗？"

饼干夹烤棉花糖。棉花糖……吃了太多棉花糖……可能就是因为这个！我的笔记只能告诉我龙宝宝喜欢吃什么，却不能告诉我他应该吃什么。

去年夏天，爸爸妈妈是怎么让我好起来的？当时我的肚子真的疼极了。我得好好想一想。妈妈先是教育我不能吃很多糖，然后让我喝了很多水，接下来又吃了一顿很健康的饭，里面一点糖都没有。

所以我现在应该马上给棉花糖准备些水，然后给他找些健康的食物！我跳起来冲向门口，然后又急刹车，跑回去给了爸爸一个大大的拥抱。

"谢谢爸爸！我知道该怎么办了！"

第十一章

龙宝宝应该吃什么？

我回到谷仓的时候，棉花糖还在睡觉。我在他的水盆里倒满水，轻轻推到他身边。什么食物对于龙宝宝来说才是健康的呢？妈妈说过，研究和神奇动物有关的普通动物应该能帮上忙。她自己遇上生病的飞狐的时候，就是读了关于鸟类的书和关于狐狸的书才知道应该怎么办的。

我跑到书架边上，飞快地把上面的书扫视了一遍。有啦！我从第二个书架上拿下了《爬行动物的喂养与护理》这本书，里面关于爬行动物饮食习性的章节我刚好用得上。

　　您的爬行动物宠物可能是食肉动物、杂食动物或者食草动物，您需要选择对应的食物进行喂养。如果您的宠物是食肉动物，那么您就要为它提供肉类食物。有些肉食类爬行动物倾向于食用动物肉，比如小老鼠或者鱼类。也有些肉食类爬行动物倾向于选择体形更小的肉食，比如蚯蚓或者蟋蟀。如果您的宠物是食草动物，那么您需要为它准备植物性食物，比如绿叶蔬菜或者根茎类蔬菜。如果您的宠物是杂食动物，那么它既会吃肉类食物，也会吃植物性食物。

我不能再浪费时间了，必须马上弄明白棉花糖是食肉动物还是食草动物，或者是两种都有一点，也就是杂食动物！

我连忙跑回家拿实验要用的东西，并且努力让自己不那么担心。我必须相信这个实验能够起作用。再坚持一会儿呀，龙宝宝！

第十二章

食肉动物还是杂食动物?

我在厨房里急匆匆地跑来跑去。得找点动物肉才行。我打开了冰箱。真棒!爸爸前两天刚和朋友们去钓过鱼,而我居然把这件事给忘了。他总是会留下几条个头最小的鱼给萨萨当零食。我从冰箱里拿出两条小鱼。

"嘿,萨萨,你可以分一条鱼给棉花糖吗?"

萨萨看了看我手里的两条鱼,很响亮地"喵"了一声。他叼走了一条鱼,把它扔进自己的食盆里,还咬了一口。

这下我手里就只剩下一条鱼了，不过我想，他的意思应该是同意我分一条鱼给龙宝宝吃。我可不想等着萨萨改变主意，于是飞快地把实验需要的其他所有东西拿好，立刻去了谷仓，萨萨也紧紧地跟在我后面。

如果棉花糖吃了鱼或者蚯蚓，但是对植物连看都不看一眼的话，那他就可能是食肉动物。如果他只吃植物的话，那他可能就是食草动物。如果他把植物和肉都吃了，那他大概就是杂食动物了。我知道我应该把这些记在科学笔记上，不过只能等一会儿再补上了。为了棉花糖我得赶快采取行动。

棉花糖还在那里无精打采地躺着，他半睡半醒地在地上瘫着。我觉得他可能没有力气爬起来走到盘子边上了，所以就把每只盘子都放在他面前。萨萨喵喵叫着，一双眼睛紧盯着盘子里的鱼。我把他抱起来抚摸着，也好给自己紧张的双手找点事情做。

我等了好久，可是什么事都没有发生。棉花糖的身体太弱了！我一边抱着萨萨，一边努力试着去思考。我还能做什么呢？也许我应该把食物送到他嘴边？

我拎起几条蚯蚓，放到棉花糖面前摇晃了几下："想尝尝看吗？"棉花糖抬头舔了一口，然后低下了头。我把每种食物都这样试了一

遍，他也每一样都舔了一口，但是一样也没有吃。我坐在地上，双手抱着头。我实在是看不下去了。

突然，我听见一阵响动，连忙抬头看。原来棉花糖爬到了放着鱼的盘子边上，一口就把

整条鱼都吞了下去。然后他又把尾巴团到脑袋下面，闭上眼睛睡了。我十指交叉，暗暗希望他吃掉的鱼和充足的睡眠能发挥作用。看到棉花糖病得这么厉害，我真是太难过了。

萨萨咕噜咕噜叫着顶了顶我的下巴。他

知道我为了棉花糖的事有多担心。我决定利用这段时间把那本关于爬行动物的书读完,也看看我刚才有没有漏掉什么东西。我坐下来读书的时候,萨萨就像一条温暖的毯子一样团在我的怀里。

第十三章

妈妈回来啦!

　　我猛地睁开眼睛，四处看了看。那本关于爬行动物的书从我手里掉了下去，萨萨正在我身上静静地打着小呼噜。我肯定是在看书的时候睡着了。我好像听见爸爸在叫我，难道已经到吃晚饭的时候了吗？我和萨萨连忙一头雾水地跑回家去。

　　"已经是吃晚饭的时候了吗？"

爸爸笑了:"你不会忘了妈妈今天要回来吧?"

"妈妈回来了?妈妈回来啦!妈妈!"我冲进她的书房,一把抱住了妈妈,我的眼泪又流了下来。

我抽泣着对妈妈说:"我都搞砸啦!有一条龙宝宝来了,我不太确定他哪里不舒服。我给他吃了棉花糖,一开始他好了一些,可是之后他就变得更难受了。我又给他吃了鱼,希望这样能让他好起来。可是我也不知道这样做有没有用。我可不想让他死掉呀!"

妈妈蹲下来,看着我的眼睛说道:"哎呀,佐伊,你一定担心极了!但是神奇动物可比你想象的顽强多了。咱们这就去看看他怎么样了。"

第十四章

棉花糖长大啦!

妈妈搂着我走向谷仓。我原本希望自己能把这件事情处理好的。我希望让妈妈看到一条健健康康的小龙。可是现在她只能去看我帮不了的病龙。

我们走进谷仓,我突然停下了脚步,揉了揉眼睛:"哇!!!"

棉花糖正在围栏里来回走,他的眼睛亮亮的,个子也比早上看的时候大了一倍。这是怎么做到的?看来龙一定长得很快!正要钻进围栏的萨萨也愣住了。我想,看到我们的小家伙突然长得这么大,他也吓了一跳吧!棉花糖迈着小步走过来,蹭了蹭萨萨,小猫骄傲地发出咕噜咕噜的声音。他们两个立刻蹦蹦跳跳地玩了起来,我在一边看得都惊呆了。

妈妈给了我一个大大的拥抱:"佐伊,我真是太为你感到骄傲了。虽然这件事很困难,但是你没有放弃努力。现

在就让他们两个在这里玩吧,咱们去看看能不能劝动你爸爸去多钓点鱼来,怎么样?"

原本很糟糕的一天就这样好了起来。我做到了!虽然我一开始犯了一些错误,但我还是帮助了棉花糖。

第十五章

棉花糖学抓鱼

我和萨萨去谷仓找棉花糖玩。这才过了几天，棉花糖就长得像马一样大了。萨萨最喜欢跳到棉花糖的背上，站在他的两只翅膀之间，然后棉花糖在围栏里转着圈跑，直到萨萨再也站不稳，要跳下去。当然，棉花糖也会停下脚步嗅嗅萨萨，看看他有没有受伤。我真希望自己永远记住他们一起玩的样子。对啦！我还没给棉花糖拍照呢。我立刻跑着拿来了照相机，给他们两个拍了一张照片。

妈妈走进谷仓,看了萨萨骑在棉花糖背上的照片,她先是哈哈大笑了一阵,然后就沉默下来。

"棉花糖长得太大了,佐伊。"

我深深地吸了口气，我知道妈妈接下来要说什么，可是我真的不想听。

"我知道这样做肯定很难，可是龙不能总是生活在谷仓里。他应该是自由自在的！"

我点点头，低着头看着地面。如果抬头看棉花糖的话，我肯定会立刻哭起来的。"能在森林里飞来飞去，到处探险，我想，这样他肯定也会很开心的，"我用很小的声音说，"而且他越长越大，在谷仓里可能也要住不下了。"跟他告别一定会很难过吧。

萨萨玩够了骑龙游戏，我们就一起到森林里的小溪边去了。妈妈想教棉花糖抓鱼。刚到小溪边的时候，棉花糖看起来非常紧张，他不但不愿意到水边去，还缩到了我身后，把大脑袋搁在我的肩膀上。而萨萨最讨厌身上沾水了，所以他也在棉花糖身后躲着。

妈妈卷起裤腿，在溪水里哗啦哗啦地走了两圈："棉花糖，溪水不会伤害你的。你看，这多好玩呀!"几分钟之后,棉花糖的好奇心终于战胜了恐惧,他也敢走进水里了。接下来,妈妈又让他看到溪水里有鱼。一发现这一点,棉花糖立刻就喜欢上小溪了。他看见了一条鱼,试着伸嘴过去抓它,可是除了一嘴溪水,他什么都没捞到。

"别灰心呀,棉花糖!你能做到的!"我和萨萨在一

旁给他加油鼓劲儿。

棉花糖试了一次又一次，最后终于抓到了一条鱼。成功了这一次，他抓得就越来越快了，甚至给萨萨抓了一条小鱼，萨萨感激得大声咕噜着。

我正准备挽起裤腿下水和棉花糖一起玩，突然听见萨萨像疯了一样喵喵叫起来，他的眼睛还直盯着附近的一片灌木丛。

我一动不动地站在原地看着，灌木丛里慢慢露出一颗蓝色的龙脑袋，她看起来和棉花糖差不多大。

"过来吧，好姑娘。"我用轻柔的声音招呼着，她直直地盯着我，向前蹭了几小步。

背后小溪里的泼水声也突然停下来了。

我回头一看，发现棉花糖和妈妈都愣在那里，看着这条新来的龙。随后，棉花糖突然发出了一阵非常好听的声音，有点像猫咪的咕噜声，但是他的声音更大，也有点像歌声。也许

龙在特别开心的时候也会那样咕噜咕噜地叫?

　　新来的龙眼睛亮了起来,她也用一阵咕噜声作为回答,跑到小溪里嗅了嗅棉花糖。他们长长的脖子缠在一起打着招呼,同时还在不断地咕噜咕噜叫着。

　　她那条蓝蓝的尾巴甩动的样子看起来有点眼熟。难道之前把还是个小宝宝的棉花糖送到谷仓来,自己又钻到树丛里消失了的,就是她吗?

蓝龙往森林的方向走了几步,然后她又回头冲棉花糖叫了几声。她想让棉花糖跟自己一起走。

我的心情很低落。看来我要跟我的小龙告别了。

棉花糖跟着她走了几步,然后突然停了下来,走到我们身边。他先是蹭了蹭妈妈和萨萨,然后又把大脑袋放在我的肩膀上,我用胳膊搂住他温暖又强壮的长脖子,努力把眼泪憋了回去。

"再见啦,棉花糖。你可要做条好龙呀。"我轻轻地把他向着蓝龙的方向推了推。他回头看了我最后一眼。

"去吧。没问题的。"我对他挥挥手。

我还没来得及改变主意,两条龙就立刻腾空而起。森林里到处回荡着这两条快乐的龙发出的美妙声音,那声音实在是太好听了,甚至让人忘记了伤心。

妈妈走过来抱住了我:"你看他现在多健康、多开心呀。这都是因为你帮助了他。"

我点点头,微笑着看那两条龙在空中起起伏伏地越飞越远,最后变成了两个小黑点,消失在广阔的天空中。

第十六章

哪里来的烟?

萨萨看着我清理棉花糖住过的围栏。没有那条小龙,这里看起来空荡荡的。连萨萨都有点忧郁了,我们两个都很想念棉花糖。

我抽了抽鼻子,把想要哭一场的冲动忍住。

等一下——我又吸了吸鼻子:"萨萨,你闻到烟味儿了吗?这是哪里来的?"

萨萨喵喵叫着,用爪子指了指谷仓的大

门。糟糕，不会是外面有什么东西着火了吧？我们立刻冲出谷仓，发现妈妈站在后院里的一堆篝火边上。她拿出两根烤肉扦，还有一包棉花糖。

妈妈微笑着说："你成功地帮助了咱们的小龙朋友，我觉得拿烤棉花糖来庆祝正合适。"

我们在火边坐下，说说笑笑地聊着那个小家伙做过哪些有意思的事。我吃了五六块烤棉花糖，刚想伸手再拿一块，突然想到棉花糖吃光一整盘棉花糖之后是多么难受。于是我放下了手里的扦子，安心享受篝火的温暖。我可不想肚子疼！

天黑了，我们回到家里。我走进自己的卧室，萨萨跳到我的书桌上，用鼻子推推我的科学笔记。笔记本打开了，翻开了全新的一页。

我大笑着抱住了他："哎，萨萨，我知道你是怎么想的。我也等不及要见见下一个魔法动物朋友啦！"

术语表

食肉动物：只吃肉的动物。

冷血动物：不能调节自身的体温，只能依靠晒太阳升温、躲在阴凉里降温的动物。

结论：通过实验能够得到的结果（希望你能得到问题的答案，不过有时候也不一定）。

食草动物：只吃植物的动物。

推论：根据事实猜想实验中会发生的事情。

杂食动物：既吃植物也吃肉类的动物。

爬行动物：身上有鳞片的冷血动物。

温血动物：可以调节自身的体温，不需要依靠阳光升温或者阴凉降温的动物。

图书在版编目（CIP）数据

龙与棉花糖 /（美）爱莎·西特洛著；（美）玛丽安·林赛绘；夏高娃译. — 北京：北京联合出版公司，2021.10

（佐伊总是有办法：给孩子的第一套科学实验故事书）

ISBN 978-7-5596-5134-1

Ⅰ. ①龙… Ⅱ. ①爱… ②玛… ③夏… Ⅲ. ①儿童故事-图画故事-美国-现代 Ⅳ. ①I712.85

中国版本图书馆CIP数据核字（2021）第137026号

Dragons and Marshmallows
Text copyright 2017 by Asia Citro
Illustrations copyright 2017 by Marion Lindsay
This edition arranged with Kaplan/Defiore Rights
through Andrew Nurnberg Associates International Limited

龙与棉花糖

佐伊总是有办法：给孩子的第一套科学实验故事书

作　　者：（美）爱莎·西特洛	绘　　者：（美）玛丽安·林赛
译　　者：夏高娃	出 品 人：赵红仕
产品经理：于海娣	版权支持：张　婧
责任编辑：徐　樟	特约编辑：丛龙艳
装帧设计：人马艺术设计·储平	内文制作：任尚洁

北京联合出版公司出版
（北京市西城区德外大街83号楼9层　100088）
北京联合天畅文化传播公司发行
天津中印联印务有限公司印刷　新华书店经销
字数 210千字　787毫米×1092毫米　1/32　19.75印张
2021年10月第1版　2021年10月第1次印刷
ISBN 978-7-5596-5134-1
定价：136.00元（全6册）

版权所有，侵权必究
未经许可，不得以任何方式复制或抄袭本书部分或全部内容
如发现图书质量问题，可联系换购。质量投诉电话：010-88843286/64258472-800